시 한 편 읽을 시간

정일근

시 한 편 읽을 시간

POETRY NANDA 더 쏙
005

시인의 말

시마(詩魔)가 왔다.
처음 있는 일이었다.
피하고 싶지 않았다.

여기 시마와 나눈 22일 동안
그 애증의 기록을 남긴다.

훅, 시간은 가고 툭, 시절은 익어 저물지만
여전히 나는 나이다.

그래서 시를 쓴다.

2025년 겨울

정일근

차례

시인의 말 004

1부 다 말할 수 있겠는가

쇄 014

바다, 사각형의 붉은 016

윤슬 한 주먹 훔쳐다가 019

미역 공양 021

반짝, 한다는 것 023

바다 025

기시(旣視) 028

돌아오기 위해서 031

검붉은 느낌표 033

우주의 숨 035

2부 나만 즐기는 일 비밀 아니지

동백꽃 장례 038

은목서 인사 040

은목서의 말을 대신해 042

기쁜 덤 045

늦꽃 048

비밀의 향 051

시월, 시월(詩月) 053

피어야 꽃이기에 055

시월 연애 057

풀꽃 교회 060

3부 개가 무슨 시를 쓰냐며

라이카를 기다리며 064

바람의 몸 069

파블로프의 신호등 071

그 새 어디서 불쑥 솟구치는데 074
오래되지 않은, 미래 077
합리적 의심 080
나는 진파, 나도 진파 082
예술가의 초상 085
사람의 산 087
11월 089

4부 시인 마흔 해 살고 나니
시가 꾸는 꿈 092
시를 도정하듯 094
종이탑 쌓으며 097
시란 101
서정시 가게 내고 103
위대한 시 105
혼자 눈물겨워하며 107

물이 흐르면 꽃이 피듯이 110
밤 열한시 오십육분의 시 113
인생, 손바닥에 올려놓고 115
다시, 만어(萬魚) 117

5부 학생 이원수는 어디로 갔는가

마산부(馬山府) 오동리(午東里) 71번지 122
11월의 이유 125
어느 포에서 126
안녕 벚꽃 길 129
진노랑상사화 133
물메기국을 먹으며 136
장미 부흥단 139
분노와 사랑 144
저 섬, 은행나무 섬 146

다시, 시월 149

6부 이별도 별이다

마산 152
붉은 눈물 155
고추잠자리 157
엄마! 158
반야(般若) 용선(龍船) 161
금동 신발을 신겨드리고 164
철제 캐비닛 속의 별 166
북두칠성 여행단 168
우주의 감나무 172
이별 174
물밥 말아 먹다가 176

정일근의 편지 177

A poem is

— Translated by Jack Saebyok Jung 183

1부
다 말할 수 있겠는가

쇄

바다는 무얼 저리 찍어내는가
파도, 파도 밀어가며 저리 찍어내는가
푸른 하늘에 흘러가는 흰 구름
다도해 꽃밭에 피워낸 섬, 섬, 섬들
등대 불빛 서너 움큼, 파도 소리 예닐곱 장
몰려갔다가 흩어지는 어린 물고기 떼까지
빠짐없이 찍어내는 바다의 쇄
밀물에 한 쇄, 썰물에 두 쇄
쉬지 않고 찍어내는데

판판이 살아 있는 개정판 찍어내는
데.

바다, 사각형의 붉은

바다라고 새긴 도장을 선물받았다
세상에! 찍고 보니 바다가 전부 내 것이다
그렇게 사각형의 붉은 바다가 내게로 왔다
인주 묻혀 내 시집 여백에 꾹, 찍어 본다
시의 행이 파도 되어 밀려온다
시의 연이 섬 되어 떠오른다
바다가 시 속으로 만조인 듯 흘러들어가
시집 한 권이 바다가 되어 숨쉰다

도장의 몸통에 새겨놓은 혹등고래 한 마리
심심하면 거대한 제 몸 던져 하늘 향해
힘껏 뛰어오른다
가로세로 2cm쯤 되는 바다인데
도장 찍어놓는 곳마다 바다가 우묵하게 괸다
당신에게 도장 꾹, 찍으면 내가 바다가 되고
나에게 도장 꾹, 찍으면 당신이 바다가 된다
모든 것 다 받아주니 바다여서
마지막 내 눈물 한 방울까지 다 받아주던

내 안의 바다가 사각을 풀고 살아서 펼쳐진다.

윤슬 한 주먹 훔쳐다가

달빛에 바다 윤슬 반짝이는데
달이 얼마나 먼 거리인데 여길 찾아 오는지
그 달빛에 윤슬 은빛 설렘으로 잔물결 치는데
윤슬 한 주먹 훔쳐 하얀 접시에 담아
그리운 사람 쪽으로 슬쩍 놓아두는데
밤바다 소리죽여 찾아가는 곳
그대에게 가는 길 잃어버리지 말라고

형형하게 눈떠서 잘 찾아가라고

종이배에 윤슬 담아 같이 띄워주는 데.

미역 공양

동쪽 바다가 춥다는 것

오호츠크해의 귀신고래들에게
남하해서 찾아갈 한반도 바닷길을
두고
생각이 많아지는 시간인데

그 무렵
우리나라 바다 곽전(藿田)에
미역들이 첫 뿌리 내리는데

갯닦기를 한 바위에

미역이 제 발 붙이기 시작하는데

그 어린 맨발들 세찬 파도에 밀리지 않을려고
아주 정신없이 바빠진다는 말인데

고래들 돌아와 제 새끼 낳아 기를 때
잎 넓어지고 줄기 굵어진 미역
제 몸 아끼지 않고 공양 올리기 위해.

반짝, 한다는 것

사궁두미 바닷가 포구나무
바다 향해 펼친 가지 사이
긴 거미줄 한 가닥 남아 있다

괭이갈매기 날아갈 때마다
그 거미줄 반짝, 하며
하늘을 잡아낸다

바람이 뒤척일 때마다
그 거미줄 반짝, 하며
바다를 건져낸다

포구나무 아래서 너를 기다리는 일
작은 기척에 무작정 심장이 뛴다
이내 온몸이 가마발갛게 물든다

포구나무에 기대어 너를 기다리는 일
잎 사이사이 숨은 작은 열매까지
반짝반짝, 우르르 꽝꽝 익어가고 있다

가만빛에서 발갛게, 로 반짝
점점 빨갛게, 로 반짝.

바다

히말라야 산골에서 만난
눈 맑은 소년이
내게 바다의 깊이에 관해 물었네
바닷가 도시에서 태어나
여직 바닷가 가까이에서 살고 있었지만
나는 허둥지둥 안절부절못하며
아무 대답 못 했네
바다가 지구 표면
70.8%를 차지하는 것 안들
바다의 크기 다 말할 수 있겠는가
그 부피 13억 7,030m³에

이르는 것 안들
바다의 무게 다 말할 수 있겠는가
내가 말해줄 수 있는 것은
바다가 얼마나 깊은지 묻는 소년에게
거울에 비춰 네 눈동자 속을 들여다보렴
그것이 바다의 깊이와 같다고
말해줄 수밖에 없었네
바다의 최대 깊이가
10,935m인 것 안들
소년의 눈동자에는
초모랑마*가 다 들어가고 남았는데
그 깊이 높이에 닿아보지 못한 내가
무슨 이야기를 하겠는가

소년의 가슴은 보지 못한 바다지만
이미 다 품고 나에게 묻는데.

* 에베레스트산의 티베트어 이름.

기시(旣視)

그랬어, 분명
나는 너를 기다리고 있는데
이 시간, 이 바람, 이 내음
초가을 저녁 어스름에 너는 왔는데

똑같은 시간과 장소로
네가 온다
되풀이되는 영화의 한 장면처럼
네가 와서
내가 기억하는 똑같은 말을 한다

단내가 나는 바닷가 포도밭 가로질

러
하얀 모래밭 맨발로 지나서
그때 너는 푸른빛 머플러를 하고
금목서꽃 내음 날리며 오고

우주에 사람이 쓰고 가는 시간이 모
여 있는
불가해의 바다가 있는지
자꾸 파도쳐 오는 네가 있다

건져내고 또 건져내지만
네가 오고 네가 가고
너 오기 전에 네가 가고
너 가기 전에 네가 오는데

인연의 띠, 이편과 저편에서

지금 나는, 같은 너를 수없이 만나고 있는데.

돌아오기 위해서

묶여보지 않은 사람
떠나는 꿈 꾸지 못하지
떠나지 못하는 사람
다시 돌아오겠다, 고
뜨겁게 약속하지 못하지
그래 떠나겠어, 라는 결심은
두 발 묶여 사는 사람만의 꿈
저기 사궁두미 어부는 내일 다시
뒤돌아보지 않고
더 큰 바다로 떠나기 위해
오늘 흔들리는 배
밧줄로 단단히 묶어놓는 거지

사람이며 사람의 인생이며
알고 보면 그런 거지
떠나온 곳으로
돌아가기 위해 묶여서 살지
인연에 꼭꼭 사랑에 꽉꽉
자기 자신 친친 묶고 사는 거지
살다가 시간이 되면
미련 없이 훨훨 떠나기 위해
혹은 나 떠난 뒤에 울어줄 당신에게로
다시 표표히 돌아오기 위해.

검붉은 느낌표

바다와 섬에 경계가 없는 저녁이 있었다

그냥 하나로 뭉쳐진 검은 덩어리인데

그뒤로 여기 남쪽 바다 석곡마을 지나 어디쯤

해 지면서 마지막 순간에 남은 한 문장이 있었다

그 문장 검은 하늘에 번개 치듯 잠시 왔다가는데

세상 모두가 어둠에 제 모습과 마음 감추었는데

저기 남은 마지막 황홀 같은, 찰나 같은, 순간이 있었다

거대한 침묵 위에 찍힌 검붉은 느낌표 하나!

바라나니, 내 시가 저러하기를

내 마지막이 저러하기를.

우주의 숨

잎잎 빼곡하게 단 금목서나무 안쪽 깊숙이 바다 건너 햇살 한 꼬집쯤 들어왔습니다

나뭇잎 한 장 넓이보다 적은 빛이, 그늘에 갇힌 어두운 잎 한 장 위에 먼 바다를 건너온 지친 날개인 듯 간신간신 날아와 앉았습니다 빛이 오자 그 잎 비로소 숨을 쉬기 시작했습니다

잎 하나가 숨쉬자 막혔던 혈을 풀고 나무가 따라 숨쉽니다 나무가 오래 웅

크리고 있었던 몸 둥글게 폈습니다

금목서 잎과 잎 사이마다 따글따글 핀 황금빛 잎겨드랑꽃 기다렸다는 듯 활짝 피어났습니다

이를 지켜보던 우주가 큰 호흡으로 꽃향기 바다 깊이 들이마셨습니다 시월 마산 바다에 금목서꽃 만개하는 향기로운 시간이 찾아오고 있었습니다.

2부
나만 즐기는 일 비밀 아니지

동백꽃 장례

꽃 지면 그뿐인 줄 알았다
꽃 진 자리 꽃 다시 살아 찾아오기
에
지는 동백꽃 무심히 보았는데
아니다, 큰 상(喪)을 준비했다
나무가 뿌리 내린 땅, 동백꽃 꽃잎
모두 수습하고 출상하려는지
족히 한 달 장(葬)이 계속된다
봄바람의 문상은 사양한 채
남쪽 바다 토분장(土墳葬)이 있는데
꽃의 붉은 피 다 식어 검게 변할 때
까지

그 꽃 몸 바스러져 가루가 되어
정토로 사방팔방 흩어질 때까지
동백나무는 꼼짝 않고 서서 꽃을 보
냈다
자지 않고 먹지 않고 웃지 않은 채
꽃 떠나보내는 동백나무
보라, 저 거룩한 장의(葬儀).

은목서 인사

남쪽 바닷가 금목서 화려하게
요란하게 피었다가 지고 난 뒤
은목서꽃 찾아온다
은종소리 울리며 은은하게 찾아온
다
한동안 달떠 있었던 마음
해면에 깔리는 낮은 바다 안개처럼
몸과 정신이 꽃 정수리에 앉은 듯
차분해진다
한 해의 마지막에 피는 은목서
은목서 하얀 꽃이여
세상 그 많은 꽃이

이른봄부터 다투듯 펼쳤던
색과 향의 문장에
이 가을 흰 마침표 찍는다
입동 지나면 겨울로 가는 길
한 해 적멸로 가는 길
다들 잘 가시라 하얀 꽃 등불 밝히는
은목서 인사.

은목서의 말을 대신해

꽃과 향기는 아버지 금목서가 주셨어요
색과 잎은 어머니 구골나무가 주셨어요
아버지네 잎잎은 부드러운데
어머니네 잎잎은 가시가 있어요
제 잎잎에 돋은 교잡종의 가시 부끄럽지만
어쩌겠어요 운명에는 순응하며 사는 것이지요
색과 향 또한 색즉시공(色卽是空)이지요

꽃피면 지고 꽃 지면 열매 맺지요
내 열매 속에는 아버지가 계시고
어머니도 계시지요
태어나보니 따듯한 남쪽 바닷가였
어요
뿌리 내리고 보니 꽃을 피웠어요
바닷바람이 불면 흔들리고
흔들리며 사랑한다는 말 전해보지
만
이룰 수 없는 꿈처럼
사랑이 어디 쉬운 것은 아니지요
사랑하는 일만으로 족한 것이
사람이든 꽃이든 마찬가지지요
멀리 마중 가지 못하지만
멀리 배웅 나가지 못하지만

내 사랑은 여기 변함없이 서 있는
일이랍니다
이 색깔 이 향기로 당신을 기다리는
일이랍니다.

기쁜 덤

금목서꽃 피면 빵 가게 열어요
꽃나무 아래 바게트보다 작은 가게 내고
남쪽 바다를 반죽해 빵 몇 개 구워 팔아요
바닷가 마을 주민 넷이 전부지만
주문이 오면 나는 빵을 굽고요
당신은 자전거 타고 빵 배달 가지요
시를 모아서 휘파람으로 붙여서 만든
빵 봉지에서 괭이갈매기 저녁 울음소리

적막을 파고드는 밤 등대 불빛은
탈탈 털어내지요, 눈물 젖은 빵은 팔지 않아요
빵이 부푼 자리마다 금목서꽃 향기 담아서
빵 하나에 한 그루 꽃향기 모두 담아 보내요
빵값은 받지 않아요, 금목서 황금꽃으로
이미 넘치도록 충분히 받았어요
오늘 새로 만드는 은목서꽃 상투 과자는
늘 기다리는 소식처럼 덤이어요
인생이 나무라면 꽃이 기쁜 덤인 것처럼요

빵을 사셨으니 기념사진 한 장 찍어 드려요, 환하게
웃어요 꽃이 피었어요 하나, 둘, 셋, 찰칵
꽃 지면 겨울이 올 거예요
그렇다고 울지는 마세요, 눈물은
빵의 온도를 식어버리게 만들어요
에잇 괜찮아요, 겨울이 오면 또 봄이 올 거예요
또 언젠가 꽃은 피고 빵을 만들 거니까요.

늦꽃

시월 하순에 접어드는데
사궁두미 바다 가는 길에 벚꽃 피었네
가을과 겨울 사이, 봄 벚꽃 피었네
벚꽃은 꽃 지면 물 오른 가지에 새잎 피지만
이미 잎들 모두 떠나간 바짝 마른 가지에
벚꽃이 피었네, 별인 듯 돋아 반짝이네
옛사람은 소춘(小春), 작은 봄이 왔다며

겨울로 가기 전에 오는 선물이라 반겼는데
북아메리카 어디에서는 자연의 이 선물
인디언 서머라고 한다는데
절망 속에서 피는 희망의 꽃 피어
겨울로 가는 길목에 피는 늦꽃이
나이들면서는 눈물겹도록 아름답네
그대가 무심하거나, 바빠
놓친다면 보지 못할 작은 봄의 꽃이지만
십일월로 가면 겨울이 온다고
사랑할 꽃이 없다고 절망하지 마라
인디언이 말하지 않았는가

십일월은 아무것도 사라지지 않은 달이라고
우리 생에서 사라진 것은 없다고
이렇게 피울 늦꽃 있으니
생은 얼마나 아름다운가
산다는 일, 또한 은하수처럼 빛나는
작은 봄에 피는 축복의 꽃송이, 송이려니.

비밀의 향

숨기고 감춘다고 비밀 아니지
말하지 않는다고 비밀 아니지
순정으로 지키고 싶으면
그건 비밀이 되는 거지

시월이면 만개하는
바닷가 금목서꽃 향기
나만 즐기는 일 비밀 아니지
한 열흘 나만의 무릉도원에 드는 일
비밀 아니지

어느 바닷가 목서들 방풍림으로 줄

서서
  꽃피고 질 때까지
  꽃향기 다칠까 노심초사하는 걱정
이
  비밀을 만드는 거지

  꽃피운다고 수고했으니
  금목서 그루 그루 편히 쉬게 하는 일
  그것이 비밀인 거지

  사랑하는 일이 그렇지
  너를 사랑하는 일 비밀 아니지
  너의 사랑이 나를 꿈꾸게 만드는 일
  그 꿈이 비밀인 거지.

시월, 시월(詩月)

나에게 시월은 시월
시 읽게 하고 시 쓰게 하는데
헤아려보면 무슨 시절 인연 있어
나는 시월에 시인이 되었는지
시월에 첫사랑 같은 첫 시집 냈는지
내 사는 남쪽 바닷가 시월은
목서꽃이 피는 계절
금목서 꽃향기 아래 시를 읽고
은목서 꽃향기 아래 시를 쓴다
그래서 내 시월의 시는
목서꽃 향기를 배람(拜覽)한다
시와 꽃과 내 기쁨이

시월에 모두 만나 시월이 된다
또다시 노래하듯이 시를 읽게 하고
춤추듯이 시를 쓰게 하는.

피어야 꽃이기에

지난 비에 금목서꽃 다 진 줄 알았다
황금꽃 벽 스르르 무너진 줄 알았다
그렇게 금목서꽃과 작별했는데
다시 핀 꽃향기가 나를 불러 세운다
다 피지 못한 꽃들 잠시 비를 피했다가
겨드랑 잎을 우산처럼 받쳐 들고 있다가
피어야 꽃이기에 활짝 피었다
져야 꽃이기에 다시 돌아가겠지만
꽃은 피고 지고 또 피고
금목서꽃 향기 마산만 어느 바닷가

노래인 듯 안개인 듯 자우룩하다.

시월 연애

눈치 보면서 서성거리지 말라
모른 척 외면하며 두려워하지 말라
눈치 본들 필 꽃 피고
모른 척한들 질 꽃 진다
시월에는 사람과 사람이 하는
지겨운 사랑 끝내자
저 목서나무와 연애하자
금목서 은목서 같이 서서
바닷바람 막아주는 그 바닷가에서
연애 한번 하자
시월이 오면 목서나무 꽃망울 부푸는데

그 잔잔한 망울망울 속에
벼락 치듯 쏟아질
꽃향기 감추고 있는데
그곳에서 꽃을 기다리며
가슴 뛰는 진짜 사랑 한번 해보자
남루한 잎겨드랑이에 피는
가난한 잎겨드랑꽃일지라도
이름 부르면 환하게 웃으며
금목서 주황 꽃 향기롭게 온다
내 마음 다 알고 있는 듯
은목서 하얀 꽃
내 팔짱 꼭 끼며 온다
봄여름꽃 다 떠난 자리
시월 꽃이 온다
꽃 오면서 향기 안고 오는데

꽃향기 아낌없이 퍼주는
사랑 오는데, 화무십일홍이어서
일주일 혹은 열흘쯤인들 어떠리
꽃 앞에 마주서서
뜨거운 연애 한번 해보자.

풀꽃 교회

양산 원동면 어디쯤 산골 지나다가 오솔길 사이로 풀꽃 교회 가는 안내판 보았습니다 그 안내는 풀꽃의 키 높이에 맞춰 서서 풀꽃 교회 가는 길 가리키고 있었습니다 그 길 따라 풀꽃 교회 찾아가면 이 마을에 피는 모든 풀꽃 모여 기도하고 있을 것입니다 민들레 애기똥풀 고마리 며느리밑씻개 사위질빵 씀바귀 엉겅퀴 박주가리 마디풀 흰꽃여뀌 도깨비바늘 사마귀풀 며느리배꼽 산박하 비수리 망초 개망초 쑥부쟁이 오이풀 솔체 장대나물 장구 채 미역취 애기땅빈대 큰땅빈대 중대가리풀 수까치깨 앵초 이질풀…… 나는 오랜 풀꽃 교회 교인들 이름 하나하나 불러주며 은총과 감사의 십자성호 그었습니다 나도 풀꽃이 되어 그들의 형제자매가 되어 향기로운 축복의 풀꽃 한 송이 피울 수 있을 것 같았습니다 풀꽃 교회로 달려가면.

3부
개가 무슨 시를 쓰냐며

라이카를 기다리며

우주에 끝이 있을까
골똘하게 생각한 적이 있었다
나는 어린 시절부터
우주의 끝이 있다고 믿었다
지구에서 떠나간 강아지 라이카가
그 끝에서 혼자 살고 있다고 생각했다
강아지 라이카를 실은
스푸트니크 2호가 발사됐다
1957년의 일이라고 했다
나는 라이카가 우주의 끝에
무사히 도착했었다고 믿었다

라이카는 우주선의 과열과 산소부족으로
혼자 질식사했다고 발표됐지만
나는 소련이란 나라를 믿지 않았다
우주의 끝을 묻는 말에
누구는 우주에는 끝이 없다고 했다
또 누구는 우주에는 끝이 있다고
끝이 말랑말랑하다고 했다
나는 강아지 라이카가 우주의 끝에 가 살며
시인이 되었다고 믿었다
시를 쓰면서부터 별마다 시인이 살고 있다고
그래서 별이 빛난다고 생각했다
우리 우주가 빛나는 것은

라이카가 시를 쓰기 때문인데
개가 무슨 시를 쓰냐며
웃는 사람이 있으면
라이카가 언젠가 돌아올 것이라고
돌아오면 알게 될 것이라고 항변했다
그런 날은 평상에 누워 밤하늘을 바라보며
그리운 라이카에게 시를 읽어주었다
라이카가 듣고 있을 것이다
언젠가 답시가 내게로 올 것이라고
라이카가 돌아와 우주의 끝에 대해
시로 읊어 이야기해줄 것이다
내가 믿기에 우주에 끝이 있고

그 끝에 시를 쓰는 라이카가 살고
있다
세월이 흘렀다 나 또한 나이가 들어
그사이 라이카가 명이 다했을까
걱정하지만 라이카는 돌아올 것이
라고
우주의 끝에는 사람의 모든 꿈이
고스란히 살아 있을 것이라고
그래야 한다고
그래야 아이들이 꿈꾼다고
시인이 시를 쓴다고
혼자 중얼거리는 날이 많아졌다
그 하늘로 별이 많아지며 소란한 밤
이면
혹시 라이카가 돌아오는지, 나는

벌떡 일어나 밤하늘 우러르는 것이
다.

바람의 몸

어느 봄날이었던가 하굣길 혼자서
집으로 가던 나는,

열몇 살이었던가 중학생이었던 나
는,

파란 보리밭 사이로 걸어가고 있었
는데

바람 봄바람이 청보리를 흔들고 가
는 장난 되풀이하는데

바람이 불어오면 보리밭이 바람을 안아주었는데

그러다가 바람은 나에게 들키고 말았다, 보리밭에 찍힌 제 몸을

나는 그날 보고 말았다, 무정형이었던 바람의 몸을

세월은 흐르고 흘러 시인이 된 후에 나는 또 알았다

그날 내가 본 것이 시의 비밀이었던 것을.

파블로프의 신호등

횡단보도 신호등에 녹색 불이 들어
왔다고
길을 건너야 할 이유는 없는데

그 자리에 서 있다고
오던 길 뒤돌아서 간다고 해서
도로교통법 위반은 아닌데

녹색 신호등에 길을 건너가고
건너오는 표정 없는 군중들
마지막을 알리는 점멸 신호에
죽자 살자 뛰는 호모사피엔스여

이제는 멈추고 싶다

너를 그리워한 내 열망도
너에게로 가려고 한 내 그리움이란
것
너의 기계적인 반응 신호에 길든
내 값싼 노예근성이었는지

노랑, 빨강, 녹색 이 단순 신호에
멈추고, 서고, 건너가길 되풀이하는
맹목적인 사랑 같은 것이었는지

녹색 신호에
나는 왜 당신이 오고 있다 생각하는

지

붉은 신호에
나는 자꾸만 화난 표정으로 변하는지

신호에 파블로프의 개처럼 적응하면서
손금에 그어진 내 표박의 길
까마득히 잊어버리고.

그 새 어디서 불쑥 솟구치는데

너는 되살아나 한 마리 새가 되었나 보다

새가 된 네가 여기저기서 불쑥불쑥 솟구친다

처음엔 비문(祕文)처럼 아득히 날아오르는데

나를 빤히 보는 너의 빨간 눈동자와 마주치면서

소스라치며 알았다, 나를 보는 눈 저 타는 문장!

젊은 날 너를 몰래 썼다가 구겨버린 원고지에서

바지 주머니에 넣어두었다가 까맣게 잊힌 적바림에서

두려워서 차마 내뱉지 못하고 삼켜버린 말인데

너는 새가 되어 푸드덕 날아온다, 날 잡아보라며

날 잡을 수나 있겠냐는 듯 날아간다

너에게 사랑한다고 처음 고백했던
그 싱싱한 푸른 말들이.

오래되지 않은, 미래

가을이 불타는 높은 산으로 가는 길목인 깊은 산골에서 정겨운 국숫집 만났는데요, 굵은 장작불 위에 가마솥 걸고 멸치 디포리 아낌없이 듬뿍 넣은 진한 육수 내어 국수 한 그릇 푸짐하게 삶아 말아내는, 후덕한 할머니가 주인일 듯한데요, 입에 침 먼저 고였는데요

들어가 자리에 앉았는데 한참 동안 주문받으러 오지 않아 주인을 불렀더니 식당 입구에 놓아둔 키오스크 통해

주문하라는, 물은 셀프라는 설명까지
친절하게 더해주고 가는 주인인 듯한,
화장 짙은 얼굴에 청바지 입은 젊은
아낙 있었는데요

도시 문명이 이 산골 국숫집까지 어
떻게 찾아왔나, 투덜거리면서 멸치국
수 한 그릇 주문하고 신용카드로 결제
마치고 깊어가는 가을 산과 함께 조용
히 기다렸는데요, 어디에 숨어 있었
는지 삐요 삐요 익숙한 전자음과 함께
국수 담은 중국제 이동용 로봇이 제가
앉은 자리 정확하게 찾아왔는데요

이런! 인도 카슈미르 지역 라다크가

아닌 광역시에 주소 둔 오지 산골에, 오래된 미래가 아닌 오래되지 않은, '오래되지 않은'과 '미래' 사이에 반드시 쉼표를 찍어야 하는 곳에, 가스불에 끓여주는 산골 국숫집이 있는데요.

합리적 의심

내 항의 전화 받으며 공안 검사 출
신인 그는 나를 검색하는 중일 것이다

그리고 엔터, 그의 슈퍼컴에 나는
출생부터 방금까지 모조리
저장중일 것이다, 나의 정치가 무슨
색깔인지 어제 누굴 만났는지

인공위성이나 여기저기 CCTV의 감
시 보고까지 받았을 것이다

그렇다고 나를 무슨 거물로 착각하지 마라, 정권의 기본이
가가호호(家家戶戶) 장삼이사(張三李四)를 일일이 감시하는 일

당신이 보낸 문자, 사진, 은행 입출금 모두 분석되고 있을 것이다

왜?라고 묻지 마라 왜?라고 의심하지 마라
묻고 의심하는 순간 당신은 감시당한다, 모두 일상이다

이 시 읽는 이 순간, 당신이 고개 끄덕인다면 그 동의 또한 기록중일 것이다.

나는 진파*, 나도 진파

—꿈을 말해주면 아마 잊어버릴 것이나, 꿈에 끌어들이면 같은 꿈을 꾸게 될 것이다.

뫼비우스의띠에 이름을 적는다
필름 같은 띠를 반으로 접는다
반대편에 같은 이름이 찍힌다
여백은 티베트 해발 오천 미터
모진 추위의 고원, 커커시리
같은 이름의 한 주인은 운전기사
양 한 마리를 치어 죽였다
반대편에 찍힌 이름의 주인은
아버지 죽인 원수를 찾아
복수하기 위해 온다

그 이후는 감독의 상상대로
혹은 관객의 호기심 따라
카메라가 돌아간다
죽은 양은 라마에 의해 조장(鳥葬)된다
사내는 아버지의 복수를 포기한다
데칼코마니로 찍힌 인생은 헤어지며
서로 이름을 묻고 답한다
나는 진파, 나도 진파
라마가 지어준 이름
서로의 총을 무장해제하고 돌아서는데
그때 서툰 〈오 솔레미오〉 노래 위로
대머리독수리가 유유히 난다

우연이 운명이 되고
운명이 우연이 되는 시간
그리고 너와 나의 엔딩 크레딧.

* 페마 체덴 감독의 2018년 제작 영화.

예술가의 초상

실버 일자리 신청해 하루 세 시간에 오만 원 받고 일하는
김씨, 한때 진보 시인이었던 경력 요리조리 감추고 산다
고속버스 터미널에서 탁송 짐 실어 보내는 일 하며 산다
어찌어찌 허둥대다가 버스 출발이 조금 늦어지면
그보다 많이 어린 듯 보이는 빡빡머리 버스 기사
김씨에게 막말로 고함을 지른다, 그 자리에선 새 된

을(乙)이어서 죄인인 듯 굽신굽신 말 한마디 못 하는 김씨

집으로 돌아와 거울 앞에서 액션배우 폼 잡고 맞고함 친다

왜, 인마 나도 안 죽으려고, 살려고 일한다 왜, 왜

그러다 내가 386세대인데, 그 대목에 통곡하며 쓰러지는데.

사람의 산

히말라야 설산 고봉 향해 오르기만 할 땐, 오를수록
산이 자꾸 높아져서 사람과 마을 눈에 보이지 않았는데

산은 혼자 높아지고 자꾸 높아져 하늘에 닿고, 하늘 아래
모든 산이 꿈틀대며 오직 높이를 향해 솟구쳤는데

그곳 사람들의 가난과 남루 찾아가 다가보니

그 높은 산들 말없이 낮아지고 낮아
지다가 산은 슬쩍 사라지고 없는데

하늘 아래 모든 설산, 사람 사는 흙
집 편안한 울타리쯤 보였는데
당나귀에 병아리까지 폴짝 폴짝 뛰
어넘어 다니고 있었는데.

11월
—이광조에게

나뭇잎은 제 푸른 몸속 붉은색 꺼내
쌓고 그 위로 덧쌓으며 솟아오르고

만추의 빛은 그 위로 제 몸을 덧뿌
리고 또 뿌려서 마지막 시간 차분하게
가라앉혀서

그리하여 조선화선지에 완성하는
저 붉은 단풍나무 한 그루, 절창인듯

작업이 끝났으면 돌아가야지, 첫눈
을 준비하는 북한산 산길 따라 단 한

번도 뒤돌아보지 않고 홀로 돌아서 가
는

11월이 있다.

4부
시인 마흔 해 살고 나니

시가 꾸는 꿈

시를 쓴다면서 뭘 그렇게
또박또박 다 받아쓰려고 하느냐
장강(長江) 끝까지 따라가봐야
바다 만나는 일 아는 건 아니지
시는 산을 오르는 일 또한 아니지
바닥의 처음에서 산정의 끝까지 올라
정상에 우뚝 서는 일 또한 아니지
시란 뜻이 통했다면
그쯤에서 침묵해야 하는 거지
은하수를 이야기하려고
무슨 수로 은하수 모두 퍼오랴

펴와서는 또 어디에 모두 부리랴
하늘 별빛 한줌 잡아서
뿌리듯 펼쳐 보이면 족한 것이
시이지, 충분히 빛나는 거지
메밀꽃밭 꽃평선까지
다 꺾어와야 전부 아니지
꽃 한 송이로
꽃밭 다 보여줄 수 있듯
시는 씨앗 한 톨로
숲의 전부 다 보여주지
하나로 열, 백을 보게 하고
별에서 우주로, 우주 안에서 우주
밖까지
우리를 꿈꾸게 하는 거지.

시를 도정하듯

일본 술 고급 사케는 쌀의 정미율을
밝히지
쌀을 도정해서 깎아낸 뒤 남은 쌀
알갱이
비율 밝혀 그 맛 미리 알게 하지
사케 닷사이 45, 39, 23처럼
정미율이 낮아질수록 명주 사케가
되는 거지
쌀 몸 깎고 깎아 최고의 술을 만들
듯이
시인이라면 자신의 언어를 찧거나
쓿어

독자들에게 좋은 시의 술을 빚어 한 잔 권해야지
시란 시인이 빚어 독자와 나눠 마시는 한잔 술이라서
언어의 정미율 밝히며 시를 써야지
내 시가 사케 닷사이로 치자면 어느 정도 맛인지
시의 정미율을 밝히며 써야지
시인이라면 정미율이 높은
혼조죠보다는 더 깎아낸 긴죠를 빚고
긴죠보다는 최고급 다이긴죠 빚어
깔끔한 맛, 화려한 향기의 시를
잔이 넘치도록 부어 독자에게 권해야지

시인의 이름이 상표가 되는 명품 명주를 만들어야

그래야 깊이 취하고 맑게 깬 감탄에

다시 시를 마시며 취하고 싶은 날

또 그 시인의 시를 찾게 되는 거지.

종이탑 쌓으며

시인 마흔 해 살고 나니 나무에 제일 미안하다

내가 쓴 천수백여 편 시를 받아준 순백의 종이가

모두 나무서 왔다고 생각하니 내 죄 더 아프다

가지 키우던 몸을, 잎 달고 꽃 피우던 그 가지까지 쳐내

삶고 끓여 만든 귀한 종이에 시를 곱게 받아낸 일보다

쓰다 버리거나 박박 찢어버린 종이 더 많았다

꽃이 열매 달아주듯 열매가 씨앗 품어주듯
달콤하고 향기롭게 빛나는 시 한 편 달아주지 못했다
욕심 많게 시집 많이 낸 죄는 더욱 더 크다
팔리지 않아 한번 펼쳐지지 않고 폐지 분쇄기에서
갈기갈기 찢겨 버려진 시집을 생각하면 등골 오싹해진다
내 죄 내가 알기에 알아서 벌받으라고 하면
나는 폐지 줍다가 등 굽은 노인이 되어 벌받고 싶다
온종일 거리 곳곳에 버려진 폐지 줍

다 손가락이 곱고
손이 몽당연필처럼 닳아지도록 혹독한 벌 받고 싶다
손수레 한 대 끌고 나가 폐지 보면 절하고 주워 담으며
그 수레 가득 폐지로 삼층탑 오층탑 쌓아야겠다
폐지로 천탑 만탑 쌓으며 나무의 극락왕생을 빌고 싶다
폐지에 절하며 허리 꺾어져 이마가 땅에 닿을 때까지
시인으로 살다 가는 죗값 살아서 받아야 할 것 같다
쉬는 날은 나무 앞에서 종아리 걷고
나무 회초리 맞아가며

내 잘못 빌고 싶다, 이승에서 지은 죄 이승서 갚고 또 갚고

저승 가면 바람 세찬 언덕 위 외나무로 혼자 서 있고 싶다.

시란

먼저 시 쓸 백지 한 장
들판이든 산이든 어디든 놓아두어
라
그 위에 하늘이 멈출 때까지
오는 눈 받아라, 다 받아라
눈은 많고 거칠수록 좋다
들판이 덮이고 마을이 지워지고
나무가 묻히고 숲이 사라질 때까지
혼자 서서 눈 맞아보아라
시는 그 눈 뒤에 찾아온다
눈 위로 조심조심 멈칫멈칫
무엇인가 몇 발짝 찍힐 때

보아라, 시가 은빛 여우처럼 움직인다
눈 속에 놓아둔 백지에 쌓인 눈은
미련 없이 남김없이 다 쏟아버려라
다 버린 뒤 시를 받아라
폭설 뒤의 고요함을 받아 쓰라
적요(寂寥) 속에 혼자 서 있는 소나무가 시다
굴뚝새 한 마리 조용히 날아가는
날갯짓 소리가 시다
세상을 삼켜버린 적막 같은,
신이 침묵하는 소리가 시다
가장 빛나는 시다.

서정시 가게 내고

마산 창동예술촌 좁고 한적한 골목길
빛이 허리 굽혀 찾아오다가는
뒤돌아보지 않은 채 사라지는,
한낮 잠시 남쪽 유리창에
별이 한 뼘가량 찾아왔다 놀다가는
그쯤, 서정시를 파는 평(坪) 반(半) 크기의
원고지 한 장 같은 가게 내고 싶다
작은 탁자 하나에 더 작은 의자 두 개 놓고
만 사십 년 열심히 농사지어온 시라

며 맛 좀 보시라며
요즘은 어쩌다 순정품이 나오는데
손님은 운이 참 좋다는 흰소리도 하면서
원산지가 어디냐면 벚꽃 피는 도시라고 답하며
서정시를 팔고 싶다
그 시 유효 기간이 얼마나 남았는지 모르지만
한 달에 하나를 팔든지,
일 년에 하나를 팔든지 말든지.

위대한 시

문화교실에 시를 배우러 다닐 때
쓸데없이 시는 무슨 굶어죽을 시냐,며
남편 시락국*이나 제대로 끓여라,는
핀잔 자주 듣고 서러웠다는
울산 방어진 사는 팔순의 박 시인
시인 삼십 년이 더해져 터진 한 말씀
시를 배우고 쓰던 그때
시락(詩樂)으로 끓인 국이, 그 시락국이

시가 되고 인생의 즐거움이 되고

남편의 따뜻한 한 그릇 국이 되었다고.

* 시래깃국의 지역 방언.

혼자 눈물겨워하며

11월 1일*,

내 남루하고 고독한 공화국 시의 나라에

시가 살아 있다는 깃발 높이 올리는 시의 날

굽이쳐가는 산줄기에, 썰물로 돌아가는 먼바다를 향해

UFO가 날아가는 우주의 심연을 향

해, 내가 떠나온 별자리를 향해

내 나라 여기 아직 저물지 않았노라

고한다, 누구 하나 아는 사람 없는 시의 날이지만

축하해주는 사람 하나 없는 이 새벽에

너덜너덜해진, 빛이 다 바래버린

내 나라 내 깃발을 올리며

혼자 손뼉치며, 혼자 눈물겨워하며.

* 시의 날. 최초의 신체시로 평가받는 최남선의 「해에게서 소년에게」를 실은 『소년』 창간호의 발행일인 11월 1일에 맞춰 지난 1987년 제정됐다.

물이 흐르면 꽃이 피듯이
—김영태, 조두이 두 분의 회혼(回婚)에

지아비와 지어미가 만나 육십갑자 같이 사는 일은

두 사람이 처음엔 부부가 되고 가족이 되고

회혼, 예순 해 지나면서 아버지와 딸이 되고

어머니와 아들이 되었다가, 의좋은 오뉘가 되는 일

그건 경계가 없고 구분이 없고

어디든 마디가 없는 원으로 돌아가는 일

산이 펼쳐지면 흰 구름 흘러가고

강물 여흘여흘 굽이치면 술 익는 나루가 기다리는 일

어두워지면 등불 밝히고 해가 뜨면 꽃이 피는 일

무위자연이 여기 있고 무릉도원이

여기 있다

그곳을 수류화개(水流花開)라 했으나 찾으려 하지 마시라

고운(孤雲)이 두고 간 청학이 새 주인 기다리는 곳

물이 흐르고 꽃이 피는 곳

예순 해 오롯이 산 두 분 올해도 잘 익은 복숭아 따서

맛있게 사이좋게 나눠 드신다.

밤 열한시 오십육분의 시

멀리, 바쁘게 다녀오느라 지친 바람처럼 무너져 돌아왔다

일찍 저녁 먹고 더 일찍 자리에 누웠다

자면서까지 꿈을 놓지 못하는 내 손이 흘러가는 시간 일일이 헤아렸다

손이 알기에 하루분의 일월성신(日月星辰)이 제 길 따라 모두 흘러갔으리라 생각했다

눈을 떠 시계를 보니 아직 오늘의 귀퉁이가 조금 남았다, 밤 열한시 오십육분

이 얼마나 고마운 시간인가, 오늘이 끝나지 않은 것이

아직 기도할 시간 있는 것이

시 한 편 읽을 시간 남아 있는 것이,

인생, 손바닥에 올려놓고

인생, 손바닥에 올려놓고 꽉
잡아 짜내면 무엇이 남을 것인가,
생에서 번들거리던 허언이며
허욕의 욕망 다 짜버리면
무엇이 남을까, 시여
나는 너 한 편 남길 바랐지만
아니다, 눈물이 강물로 흘러나오고
마지막까지 피눈물, 피고름 받아 짜
도
소금 그것도 거친 막소금이 전부다
내 인생 그것이 전부다
부푼 꿈은 어디로 가고

뜨거운 사랑은 또 어디로 갔는지
어느 누구 인생에 맛 내는 간도 못
맞춰줄
쓸모없는 소금 몇 알뿐인지
한 손으로 혹은 두 손으로
힘주어 다 짜봐도 남는 것은 소금뿐
이다
회한의 눈물이 인생 짠맛을 가르치
던
소금뿐이다.

다시, 만어(萬魚)

다시 일만 마리 물고기 꼬리 물고
만어산 오른다, 나를 불러낸 만신(萬神)은
대뜸 내 별자리 묻는다
어쩌나, 나는 내 별자리 알지 못한다
내가 태어난 해의 띠를 알고 있을 뿐
그 띠로 어제와 오늘의 운세 보며 살아왔는데
대답 못 한 채 우물쭈물하는데
여기 만어는 모두 산에 오른 물고기

라

만신은 자신도 물고기자리라고 말한다

그렇구나, 다 자리가 있구나

태어나는 자리가 있고 죽는 자리가 있다

사랑하는 자리가 있고

이별하는 자리가 있다

산정 아래 미륵전에는 그 물고기 이끈

동해 용왕 아들의 자리 있는데

오랜만에 뵙는 미륵은 여전히 고래로 살아 있다

내일의 운세에 내 자리가 주어진다면

만신의 물고기자리 옆에 딱 붙어서
나도 한 마리 물고기가 되어
복지부동하며 너덜 바윗덩이로 살
고 싶다
만어에서 만년쯤 만신 곁에
물고기자리로 머물고 싶다
슬쩍 스치는 바람 한줌에
후드득 지나가는 비 몇 방울에
때로는 찾아오는 산수유꽃 꽃향기
에
내 몸을 때려 편경(編磬) 소리 내며
시를 읊듯 노래하며 살았으면.

5부
학생 이원수는 어디로 갔는가

마산부(馬山府) 오동리(午東里) 71번지

소년 이원수(李元壽)가 진영서 이사 와 살던 곳
마산부 오동리 71번지
일제강점기 초가지붕 아래 차가운 방바닥에
배 붙이고 어린이 시「고향의 봄」을 쓰고 있다
소년 이원수가 그리워한 꽃피는 산골은
노래가 되어 백년을 살고 있는데, 오동리
논두렁길 걸어서 마산공립보통학

교 다니던
학생 이원수는 어디로 갔는가
그가 작품 원고에 마침표를 찍고
1925년 방정환의 어린이 잡지에 그
시를 보내던
열네 살 소년의 설레는 마음이 빛나
던 주소
1926년 어린이 잡지에서 당선 편지
를 받던
열다섯 살 소년의 가슴 뛰던 주소
마산부 오동리 71번지 그 땅 그 번
지
그대로 남아 여기 있는데
복숭아꽃 살구꽃 아기 진달래 피고
있는데

이원수는 지금 어디서 살고 있는지.

11월의 이유

1이 추울까 신이 그 곁에
1을 하나 더 세워주셨다
11월이다, 나는 그대 곁에
그대는 내 곁에, 와락 가깝지 않게
섭섭하게 더 멀지 않게, 온기 따뜻
한
사랑의 거리쯤에
나란히 서는.

어느 포에서

한때는 시였던 붐비던 항구도시가
그 이름 그대로 동이 되었다
이제는 쇠락한 마을일 뿐
불빛 빼곡했던 골목에는 빈집뿐이
다
버려진 세월 여기저기 풀이 무성하
다
그 세월에 저 바다 어찌 저리 늙어
버렸는지
뱃고동 울리며 힘차게 오가던
정기여객선은 벌써 끊어졌다
새벽 바다로 출항하는 배 한 척 없다

분명 바다가 보이는 언덕 위
저 어디쯤 작은 숙소에서
친구들과 왁자지껄 보냈던 기억 있는데
무엇 때문에 이 바닷가에 왔던지를
이제는 기억은커녕 추억조차 잃어버렸다
기억에서 사라지면 지도에서 지워지듯
산다는 것은 그런 일
바다와 마을이 나와 함께
나이를 먹고 잊히는 일
상전벽해는 오래된 옛말
대책 없이 늙어버린 바다와
병든 바닷가 마을에서

나는 자꾸만 길을 잃는다
돌아가려고 나섰다가는
자꾸 제자리로 돌아온다
그러다, 그러다가 까닭 없이 눈물이
터지는데
펑펑 터지는데.

안녕 벚꽃 길

삼월에 벚꽃 피고 사월에 벚꽃 질 때
마산 안녕 바닷가 굽이굽이 벚꽃 길 따라
걸어보지 않은 마산 사람과는 사랑하지 마라
안녕 삼거리에서 시작되는 해안선 따라
산허리에 난 길 따라 무작정 걸어가 보라
손길 닿지 않아 쑥대머리 같은 벚나무

산발하고 줄 서서 꽃피우는데, 바다에서
바람 봄바람이 불어와 꽃 흔드는데
푸른 그늘 깊은 별유천지 거기 있다
무정형의 자연 속에서 그리우면 그리운 쪽으로
바람 불면 바람이 가는 쪽으로 휘어진 나무가
노래 같은 꽃, 꽃 같은 별을 피운다
꽃피면 바다는 하늘 받아 거울이 되고
꽃 지면 하늘은 꽃 한 송이 놓치지 않고
모두 받아 꽃단장한다, 당신 질투한다 해도

나는 그 모습에서 눈을 떼지 못할 것이니
굽어지며 휘어지며 안녕으로 가는 길
눈빛에서 익어 사랑으로 이어지는 길
어제의 꽃망울 오늘로 와 꽃피고
오늘의 꽃 내일로 가 눈으로 펄펄 날린다
행여 당신과 그 길 가다가 내 슬쩍 사라진다면
잠시 안녕 바다 다니러 간 줄 아시길
당신 혼자서 걸어가다보면 비인간에서

내 등대로 서서 미리 기다리고 있을 것이니

그렇다고 두려워 마시길, 수정리 안녕 가는 길에서는

내 천년이 당신에게 몇 발짝 거리일 것이니.

진노랑상사화

홀로, 라는 것은 얼마나 두려운가,
생각해보면
홀로, 라는 것은 또 얼마나 용감한
가

용마산 산호공원 꽃무릇 축제장 점
령한
수천 송이 붉은 꽃무릇 앞에
멸종위기종 2급 진노랑상사화 딱
한 송이
혈혈단신 홀로 피어 맞서고 있다

나는 저렇게 홀로 당당할 수 있을까
무심한 듯 담담한 듯 꽃피울 수 있을까
바람이 부는 대로 흔들릴 수 있을까

두려움이 용기를 만든다
용기가 꽃을 피운다

두려워할 줄 알기에 맞설 수 있고
맞설 수 있기에 꽃이 핀다

물러설 수 없는 백척간두에 서서
나를 이기는 것이 저러하려니
꽃이여, 진노랑상사화여

오늘은 네가 나까지 이겼다
이 하늘 아래 네가 승자다.

물메기*국을 먹으며

사람 사는 일에 쉬운 것이 어디 있느냐마는
겨울 추위에 얼음장 두께 두꺼워지듯
인생에 얼음이 꽝꽝 얼 때
밤새워 말술 마셔 다 녹여 씻어버리고
마산 어시장 새벽으로 가서
펄펄 끓는 물메기국 한 그릇 시켜 먹자
사람으로 아픈 일 사람에게 풀면 뭐

하라
오장육부 꼬이듯 얽힌 인생의 고(苦)를
저 시원한 국물로 모두 녹여보자
슬픔이며 눈물 따위는 한없이 부드러운 생선 살로 풀어버리자
사람 사는 일에 별것 있느냐마는
사랑하다가 이별이 무슨 죽을병인가
속 풀어주는 국 한 그릇 있으면
국그릇 철철 넘치게 받는 식복인 거지
그러다 해장술에 또 취하는 일 두려워하지 말아야지
동장군아, 너 아무리 추워봐라

매정한 바닷바람 세차게 몰아쳐봐라
나는 당당하게 서 있을 것이다
목(木) 난로 곁에 쪼그려 곁불 따윈 쬐지 말아야지
물메기국에 밥 말아 훌훌 먹고
맥주잔에 소주 가득 부어
목안으로 또 한잔 탁 털어넣는 거지
물메기국 한 그릇으로 이 악물며 서서 견디는 거지.

* 쏨뱅이목 꼼치과 바닷생선의 지역 방언.

장미 부흥단

마산 원도심 뒷골목
둥근 맨홀 뚜껑에 새겨진
화려한 장미 문양 본 적 있는지
그 위에 설 때마다 나는 꿈꾸지
쇠판에 고혹적인 장미 한 송이 새겨져 있고
마산시라 밝힌 주인 이름 있는, 바로
그 아래 장미 부흥단이 있을지 몰라
장미는 옛 마산의 시화(市花)
그 장미 뚜껑 열고 수직의 맨홀로 들어가면은

마산이 시작된 그 처음쯤의 바닥에
큰 본부 건물 지어놓고
장미 부흥단이 자리잡고 있을 것 같은데
장미 문양 국기처럼 걸어놓고
영국에 저항해 아일랜드 복원 운동하듯
독일에 점령된 프랑스에서 일어선
베레모 쓴 레지스탕스처럼
우리의 상해 임시정부가 그러했듯이
마산을 되찾기 위해
모여서 지하 저항을 하는 사람들이 있을 것 같아
나도 그곳을 찾아가

장미 부흥단 단원이 되고 싶어
비밀 서약하고 혈서 쓰고
가슴에 단원 징표인 장미 배지 달고 싶어
길에서 단원끼리 은밀한 눈인사를 나누며
마산을 시민 동의 없이 이름 넘긴
경인(庚寅) 오적(五賊)을 조사해야겠지
그렇게 천천히 꾸준하게
잃어버린 마산의 이름 찾아가야겠지
마산합포구 마산회원구 담장을 허물고
그곳에 장미 심어 키워 가꾸며

장미의 꽃밭 넓히는 일
마산의 영토 찾는 일일 거야
이웃 진해에서 은밀히 진행되는
벚꽃 부흥단을 지원하면서
마산 무학산에서 진해 장복산까지
서로 오가며 부흥 루트를 개설해
함께 마산, 진해로 돌아가는 거지
그렇다고 쉬운 일은 아냐
영국의 장미전쟁은 삼십 년이나 싸웠어
옛 마산 중성동 어디
지금은 마산합포구 오동서길 어디
장미 부흥단 맨홀 뚜껑 위에 설 때마다
그런 꿈을 꾸는데

장미 부흥단을 꿈꾸는데.

분노와 사랑

내 시의 첫 꽃이 분노였다면

내 시의 마지막 꽃은 사랑이지요

꽃은 둘이 아니라 하나지요

분노와 사랑도 하나지요

분노가 사랑을 만드는 것이지요

분노 없이 어찌 사랑이 있겠어요

시월에 뜨겁게 분노할 줄 알았기에

늙어버린 이 도시 사랑하는 것이지요

더욱 뜨겁게 껴안고 사는 것이지요

해동갑하며 함께 가는 것이지요.

저 섬, 은행나무 섬

구도심대로 은행나무 가로수, 사람 걸음
일곱 보쯤 간격 두고 줄 서서 가고 있다
봄에 수북했던 머리 식민지 학생처럼 짧게 밀리고
창황실색한 표정으로 벌서고 있는 줄만 알았다
칠월 지글지글 끓는 불볕 우듬지로 쏟아지자
그 햇볕 머리로 받아내며 은행나무 제 몸 아래

보도블록 위 그늘 짙은 섬 알 낳듯
줄줄이 낳는다
무엇이든 고통 견디며 빚는 것은 선
물이어서
폐지 줍는 할머니가 수레를 멈추고
쉬어간다
먹이 주워 먹던 창동 비둘기도 더위
피해가는 섬
저 은행나무 섬, 더위 먹은 산이 이
마 땀을 훔치며
곧 식솔 데리고 섬을 찾아 물놀이하
러 내려올 것이다
여기서 섬으로 떠나는 여객선이 있
는 바다는 멀어
파도 소리 들리지 않지만, 여름이

스르륵스르륵 무장해제 된다
　신이 난 시인이 은행나무 섬을 징검
다리 삼아
　섬을 밟고 바다로 뛰어간다, 그 발
아래 참방참방 물소리가 난다
　그 소리 점점 크게 들린다, 아무래
도 한바탕 야단이 날 모양이다
　멀리 있는 쪽빛 바다가 부러움 참지
못하고
　이 섬까지 제 몸 길게 밀며 찾아오
기 시작했다
　바다든 물고기든 돌아갈 것은 모두
섬으로 찾아가는
　밀물 시간이 가까워지고 있는데.

다시, 시월

말라버린 우물 바닥에 시월이 붉게 고인다

우물에 푸른 하늘 흰 구름은 얼비치는데
지나간 시대의 초상이 읽히지 않는다

시간의 거울을 보며 이젠 늙었다, 고 중얼거리지만
마음의 달력에는 옛날이 펼쳐져 있다

시월이다

낡고 남루해져버린 신발 끈을 다시 묶어야겠다

다시, 시월이다

다시라는 말이 주술처럼 내 어깨 힘껏 떠민다

아무래도 그날 썼던 유언을 고쳐 써야겠다.

6부
이별도 별이다

마산

노인은 1949년생이다, 소띠다
우리 나이로 일흔일곱이다
유행이 지난, 왕년이란 후줄근한
양복에 낡은 넥타이 매고 있다
노인은 오지 않는 내일이란 친구를
기다린다
창동 어디쯤 손님 없는 다방에 혼자
앉아
벌써 몇 시간째 기다리고 있다
아니 몇 년째 기다리는지 모른다,
현실적인
주인 마담의 고민은 철학적 명제보

다 어렵다
노인이 다방에서 나갔으면, 하고 바라면서
노인마저 가버리면 다방은 빈 다방이 된다
노인은 지겹고 빈 다방은 싫은
양립할 수 있는 명제처럼
모순 같은 도시는 하루하루 그렇게 늙어간다
노인은 도시보다 좀더 빨리 늙어버렸다
도시는 세상보다 좀더 빨리 늙어버렸다
노인이 기다리는 친구 내일은
사실 노인과 아무런 약속을 하지 않

았다
　시간이 언제나 정답인데, 그 많았던 시간이
　이 도시에선 사라지고 없다
　사라져버린 시간 속에서
　걸어갈 때마다 낡은 구두가 자꾸 벗겨진다
　앞은 눈이 침침하고 뒤돌아보기는 두려운
　저 노인, 이름이 무엇인지 알 듯 말 듯한데
　내가 상업고등학교에 입학하면서 알던 노인
　그때는 끗발 대단했던 저 노인.

붉은 눈물

도오감 낙과 있으면
몇 개 주워가려 했는데
팔순 넘은 고모는
기어코 대나무 장대를 든다
과일은 가지에 달린 것이
맛이 좋단다, 며
일찍 아버지 가지에서 떨어진
장조카를 안타까운 눈으로 바라본다
요즘 얼굴이 왜 그 모양이냐
신문지 펼쳐 그 위에 두고
홍시가 되면 먹어라, 는데

붉어 뚝뚝 떨어진 것 같은
고모의 그 눈물들을
내 어떻게 먹을 수 있을까
목이 먼저 메는데.

고추잠자리

나는 왜 가을 마당에 혼자 서 있는
가
하늘을 구름처럼 덮던 고추잠자리
붉은 고추잠자리
막내 고모 싸리 빗자루 들고
허공에 빗질 한번 하면 쓸려오던 고
추잠자리
어린 내 손가락 사이사이
고추잠자리 날개 끼워놓고
고모는 어디 갔나
나는 꼼짝달싹 못 하고 서 있는데
고추잠자리 저 붉은 고추잠자리.

엄마!

지난 사월 세상 떠나시고
첫 명절 어머니 한가위 차례
사십구재 올린 절집에서 지냈는데

오지 못한 누이동생 섭섭할까
어머니 영정 넣어 사진 한 장 찍어
보냈는데
잘 모셨노라 전했는데

우리 나이로 예순셋의 누이
벌써 할머니가 된 누이가
제 어머니 그리는 소리

오라비에게 답 문자로 보내왔는데

엄마!
단말마 같은 그 한마디뿐이었는데

엄마!
잠 깨 울며 어머니 찾던 어릴 적 아이처럼

엄마!
그 소리 이승과 저승 다 울리며
생과 사의 각지각처 여기저기를
어머니 어디 계신지
어머니 어찌 계신지 찾아다니는데

엄마!

엄마!

엄마!

반야(般若) 용선(龍船)

남해안 별신굿 신청(神廳) 공연 구경 갔다가 재종 누님 만났습니다 공연패로 오셨는지, 객석 손님으로 오셨는지 알 수 없었지만, 누님은 만개한 고향 신전리 이팝나무꽃처럼 활짝 웃고 계셨습니다 심장병 앓던 누님, 그 병 깊어 결혼에 실패하고 돌아와 큰집 뒤편 어두운 방에서 우물 바닥처럼 숨어 사셨던 누님이셨는데, 단 한 번도 보여주지 않았던 환한 웃음으로 찾아오셨습니다 삼현(三絃) 육각(六角) 풍류가 높이 울려퍼지고 이 고장 12대 세

습무의 낮은 구음이 이어지며 무대는 신이 나고, 저는 공연 마치면 누님 모시고 생선 싱싱한 이 바닷가에서 맑은 생선국 한 그릇 대접해야겠다고 생각했습니다 제가 큰집 들를 때마다 따뜻한 밥상 푸짐하게 차려주던 누님이셨습니다 공연의 마지막 용선 놀이로 무대와 객석이 떠들썩해지고 이윽고 반야 용선이 극락으로 떠나는데, 방금까지 눈앞에 계셨던 누님이 보이지 않았습니다 이리저리 찾았지만 없었습니다 누님이 어디 갔을까…… 그러다 문득, 생각이 났습니다 누님은 이미 오래전에 세상 떠났다는 걸 그때 반야 용선이 두둥실 피안의 바다로 떠나고 있었습니다.

금동 신발을 신겨드리고
—경주 남산

경주 황남동 120호분 옆 무덤에서 신라 때 금동 신발 한 켤레 나왔습니다 사랑이여, 나는 압니다 그 시절 우리가 사랑한 또하나 증참(證參)이 나온 것을 당신은 그곳에서, 나는 이곳에서 천년만년을 떨어져 산들 무엇이 두렵겠습니까 우리 죽어 먼, 더 먼 전생에서 다시 만나자는 약속 기억합니다 돌아간다면 당신 발 씻겨드리고 싶습니다 또다시 만나면 사랑이여, 당신 들쳐업고 월정교 일정교를 찾아갈 것입니다 흐르는 물에 당신 두 발 깨끗

이 씻겨 저 금동 신발 신겨드릴 것입니다 밤 깊어지면 함께 반월성 뛰어넘을 것입니다 그 옛날처럼 왕경(王京)의 집 문 매정하게 닫아걸고 담장 밖으로 금동 신발 던져 나를 그냥 돌려보내지 마시길 당신 곁에서 여름의 얼음이 되고 겨울의 불이 되어 꽝꽝 얼었다가 활활 불타다가 모든 것이 사라진들 우리 약속 같은 내 금동 신발은 그곳에 남아 있을 것이니까요 남아 또 어디든 뚜벅뚜벅 당신 찾아갈 것이니까요.

철제 캐비닛 속의 별

지상의 작은 학교
백혈병 소아암 심장병 앓는
아픈 초, 중, 고등학교 학생에게
인터넷 강의한 지 오래된 학교
왜 몰랐을까 이 아름다운 학교를
철제 캐비닛만한 자기 방에서
인터넷 수업하는 서른여섯 명 선생
님
감옥보다 작은 방에서 수업하며
헌신하는 거룩한 선생님
그들은 지상에서 뜨는 빛나는 별
아이들 귀에 대고 속삭이는 영혼의

노래

그동안 이 학교에서 수업받은
학생 4,737명 중에서 734명 졸업
그중에 사망 학생 471명,
아, 그 많은 숫자에 심장이 쿵,
눈시울 화끈화끈 뜨거워지는데
철제 캐비닛 속에 별이 떠 있는데
아픈 아이 하나하나 찾아가
낱낱이 비춰주는
별, 별들이.

북두칠성 여행단

북두칠성 여행단을 모집합니다
인간의 수명을 북두칠성이 주관하니
한번 다녀오면 장수할 것입니다
별은 사람의 눈빛을 만나면 빛이 됩니다
북두칠성과 두 눈 맞추면
일곱 개 별의 빛이 당신의 영혼에
우주의 축복을 국자째 들이부어줄 것입니다
출발지는 우리나라 어디쯤 될 것인데

지금은 비밀입니다
모두 모여 떠날 무렵 알려드릴게요
쉬쉬하지만 북두칠성에는
오래전부터 지구 사람들이 다녀왔답니다
선사시대 고인돌이며 벽화에
북두칠성이 그려져 있지 않습니까?
그것이 다녀온 증거입니다
별 이름 두베, 메라크, 페크다, 메그레즈,
알리오스, 미자르, 알카이드란 이름 정도는
외워가시길 권합니다
단 조심해야 할 것이 있습니다
국자가 큰곰자리 꼬리와 엉덩이에

자리하고 있어

그 큰곰 화나게 하는 일은 하시면 위험합니다

길을 잃으면 북극성을 찾아가면 됩니다

국자 머리에 있는 두 별인 메라크와 두베를 이어

그 길이 다섯 배쯤 되는 거리에서

쉽게 북극성을 찾을 수 있습니다

북극성에 우리 직원이 나가 있답니다

참, 경비가 궁금하다구요?

여행 경비는 전액 무료입니다만

단, 자격은 있답니다

꿈꿀 수 있는 사람만이 떠날 수 있

습니다

북두칠성에 다녀올 수 있다는
꿈을 믿을 수 있다면,
미리 축하드립니다
당신은 북두칠성 여행단
합격 통지서를 받을 것입니다
국자 모양의 일곱 개의 주성이
선명하게 찍힌.

우주의 감나무
―김달진 시인 생가에서

잎 다 떨구고 붉어지는 감을 달고 있는
만추의 감나무 올려다보고 있으면
하늘에 별이란 것, 한 나무에 주렁주렁 달린
감이 아닐까, 라는 생각 드는데
우주로 솟아오른 나무와
그 가지마다 달린 별들이
풋풋한 청시로 오거나
잘 익은 홍시로 돌아가기에
더러는 별빛이 계절 따라 시나브로 익어가고

더러는 꼬리별로 사라지는데
나는 어느 나무 어느 가지에 달린
누구의 감인지를 생각하다가
어디서 와서 어디로 돌아가는
살별인지를 생각하다가
처음과 끝이 없는 아득함에
아뜩해지다가 풀썩 주저앉고 마는
데.

이별

고독이 독이라면
이별도 별이다

고독하든 빛나든
별이 반짝이는 것은
홀로 존재할 때 그렇다

별은 더불어 웃지 않는다
별은 끌어안고 울지 않는다

우주에서 별이 혼자듯
이 별에서 결국 나뿐이다

혼자 와서 홀로 돌아갈 때
나 또한 별이다

고독하기에
스스로 눈부신 별 하나.

물밥 말아 먹다가

발 디디는 곳마다 허공인 듯 맨발이
푹푹 빠져들어 종일 누워 있었다

자정 넘어 겨우 일어나 두부 구워
물 말아 물밥 먹었다

영등바람이 종일 세차, 귀신 오듯
만신 찾듯 윙윙 불다 휘휘 불다가

여긴 어딘가, 저승 와서 잿밥 받아
먹는 것만 같아 오래 혼자 소리 죽여
오래오래 울던 밤이 있었다.

정일근의 편지

분명, 시마는 있습니다.

시마, 그건 시의 마귀가 아닙니다. 긍정적으로 보면 '시를 짓고자 하는 생각을 일으키는 일종의 마력'이란 뜻에 동의하실 것입니다. 결국 시마는 시인이 만드는 열정의 이름일 것입니다. 또한 피할 수 없는 유혹이며, 퍼붓는 겨울 폭설이며, 폭설 아래 지워지는 길입니다. 그 길 위에 제가 또 섰습니다.

저는 2025년 10월 한 달 꼬박 시마와 동고동락하며 같이 보냈습니다. 같이 자고, 같이 먹고, 같이 살며 지치면 같이 바닷가를 산책했습니다. 이 시집에 수록된 시의 전부를 시마와 함께 썼습니다. 제 적바림을 보면 지난 10월 1일부터 12일까지 마흔 편 이상의 시가 폭풍처럼 쏟아져나왔습니다. 그리고 잠시 쉬었다가 21일부터 31일까지 후폭풍인 듯 스무 편 이상의 시가 더 찾아왔습니다. 그 시편들에서 결이 같은 시들을 추려 6부로 나누었습니다.

그렇다고 시마가 저를 찾아와 시를 대신 써준 것은 아닙니다. 시마는 언제나 시의 한 단어나 시의 한 줄을 툭, 건네주고 사라집니다. 저는 그것으로 시를 만들었습니다. 이 시집은 저와 시마의 공동 시집입니다.

시는 시를 생각할 때 찾아옵니다. 시는 간절히 기다려야 찾아오는 선물이기에 가끔 당신을 알아보지 못하고 당신 인사받지 않아도, 제가 시를 기다리고 있다고 생각해주시길.

지난 4월에 어머니를 멀리 떠나보냈습니다. 생전에 제 시를 좋아하시고 즐겨 읽으셨던 어머니, 찾아오셔서 이 시집 꼭 읽고 갔으면 합니다만. 어머니 계신 곳을 향해 시집을 풍욕(風浴)시키듯 널어두어야겠습니다. 죽음의 바다에 닿았지만 수면으로 떠오를 수 있도록 제 호흡이 되어준 마산 바다와 사궁두미와 안녕 바다, 윤슬과 금목서 은목서를 다시 뜨겁게 껴안아야겠습니다.

그리고 당신, 기억해주십시오. 시를 사랑하는 일이 저의 시이고 저의 전부인 것을. 그러는 동안 운명이 저를 여러 차례 벼랑으로 내밀었지만, 당신의 손이 있어 잡고 다시 세상으로 돌아올 수 있었습니다. 제 시의 페이지를 넘기는 당신 손, 그 손바닥에 손금의 온기로 고스란히 남고 싶습니다.

A poem is

Translated by Jack Saebyok Jung

A poem is

first, lay down a single blank sheet
for writing a poem
anywhere, in a field, on a mountain,
wherever you like.
On it, until the sky stops,
let the snow fall, take it all.
The more snow, the rougher it falls,
the better.
Until fields are buried, the village
erased,
trees entombed, the forest gone,
stand alone and let the snow fall on

you.

The poem comes for you from behind that snow.

When, on the snow, carefully, hesitantly,

something presses down a few steps,

look, the poem moves like a silver fox.

The snow piled on the blank sheet you left there in the snow,

shake it off, every last flake, without regret, without a trace.

Only after you cast it all away, receive the poem.

Write the stillness after the blizzard.

A lone pine standing in deep silence
is a poem.

The sound of one wren as it passes
quietly by
beating its wings is a poem.

The silence that seems to swallow
the world,
the sound of God falling mute is a
poem,
the most radiant poem of all.

정새벽(Jack Saebyok Jung)

하버드대 영문학과를 졸업하고 서울대 대학원에서 국어국문학 석사학위를 받았다. 아이오와 작가 워크숍에서 트루먼 카포티 펠로우로 시를 공부했다. 이상의 『Yi Sang: Selected Works』, 김혜순의 『Lady No』 등을 번역했다. 『이상 선집』(Wave Books, 2020)으로, 미국 현대언어학회가 수여하는 알도 잔 스카글리오네 문학 번역상을 받았다. 2024년 미국 국립예술기금National Endowment for the Arts 번역가 펠로우이며, 첫 영문 시집 『호커스 포커스 보거스 로커스』(Black Square Editions, 2025)를 출간했다. 현재 데이비슨 칼리지에서 학생들을 가르치고 있다.

정일근

벚꽃의 도시 경남 진해에서 출생해 대학 재학중인 1984년, 무크 『실천문학』(통권5호)으로 등단했다. 1985년 한국일보 신춘문예에 시가, 1986년 서울신문 신춘문예에 시조가 당선되기도 했다. 시집으로 『바다가 보이는 교실』 『유배지에서 보내는 정약용의 편지』 『경주 남산』 『기다린다는 것에 대하여』 『소금 성자』 『혀꽃의 사랑법』 등과 시조집 『만트라, 만트라』, 시선집 『꽃 지는 바다, 꽃 피는 고래』 『꽃장』 등이 있다. 소월, 영랑, 지훈, 이육사, 김달진 시인의 이름으로 주는 문학상을 수상했다. 경향신문, 문화일보 기자를 지냈으며 울산대 강사, 경남대 교수를 거쳐 현재 경남대 석좌교수로 시 창작을 강의하고 있다.

시가 난다 WINGED POEMS

001 김혜순 시집 싱크로나이즈드 바다 아네모네
002 황유원 시집 일요일의 예술가
003 전욱진 시집 밤에 레몬을 하나 먹으면
004 박유빈 시집 성질머리하고는
005 정일근 시집 시 한 편 읽을 시간
006 곽은영 시집 퀸 앤 킹(근간)

POETRY NANDA 더 쏙 005

시 한 편 읽을 시간

1판 1쇄 인쇄 2025년 12월 10일 1판 1쇄 발행 2025년 12월 24일

지은이 정일근 **펴낸이** 김민정 **책임편집** 유성원
편집 정가현 민윤지 정수범 **디자인** 퍼머넌트 잉크
저작권 박지영 형소진 주은수 오서영 조경은
마케팅 정민호 박치우 한민아 이민경 박진희 황승현 김경언
브랜딩 함유지 박민재 이송이 박다솔 조다현 김하연 이준희
제작 강신은 김동욱 이순호 **제작처** 천광인쇄사
펴낸곳 (주)난다
출판등록 2016년 8월 25일 제406-2016-000108호
주소 10881 경기도 파주시 회동길 210
저작권 및 독자문의 copyright_nanda@munhak.com
작가섭외 및 행사문의 innanda@munhak.com
페이스북 @nandaisart **인스타그램** @nandaisart **엑스** @wingedpoems
문의전화 031-955-8865(편집) 031-955-2689(마케팅) 031-955-8855(팩스)
ISBN 979-11-24065-24-2 00810
